AF451693

LAMOTHE-CHANDÉNIER,

POÈME LATIN.

LAMOTHE-CHANDENIER,

POËME LATIN,

PAR LÉONARD FRIZON, JÉSUITE, AN 1657;

TRADUIT

Par Amiet,

PRÊTRE, CURÉ DE BOURNAND, PRÈS LAMOTHE,
AN 1839.

LOUDUN,

IMPRIMERIE DE BRUNEAU-ROSSIGNOL.

1839.

MOTHA CANDENERIA,

CARMEN.

MOTHA CANDENERIA [1],

CARMEN

AD

ILLUSTRISSIMUM VIRUM FRANCISCUM DE ROCHECHOUARD,

CANDENERI DYNASTAM, ETC.,
PRIMUM PRÆTORIANARUM COHORTIUM PRÆFECTUM.

I.

Formosum Ligeris quà se via pandit ad amnem,

Juliodunæi per agri lætissima culta,

Dives opum decorumque, et amicis hospita musis

Candeneri latè regnat Domus, aurea Motha [2].

Illic certa quies, illic sincera voluptas,

Et junctæ ludis charites; geniusque beatæ

Sedis, honos; numenque heroibus, ardua virtus.

LAMOTHE-CHANDENIER,

POËME

A

L'ILLUSTRE FRANÇOIS DE ROCHECHOUARD,

MARQUIS DE CHANDENIER, SEIGNEUR DE LAMOTHE, PREMIER CAPITAINE DES
GARDES DU CORPS DE LOUIS XIV.

———

I.

De la route qui traverse les charmantes plaines du
Loudunais, et qui mène au beau fleuve de la Loire,
on voit régner au loin Lamothe, château qu'ha-
bitent toujours et les richesses, et l'honneur, et les
muses. C'est là qu'on trouve un repos solide, un
plaisir pur, une gaîté sans fard ; l'âme, le génie de
cet heureux séjour, sa divinité tutélaire est le cou-

II.

Inclyte priscorum sanguis comitumque ducumque

Galliæ Aquitanos tractus, magnumque Garumnam

Infuso undantem Oceano frænare potentûm

Imperiis; ades ô tantis, generosa propago,

Major avis, Francisce, tuæ laus maxima Mothæ.

Jamdudùm blandis exercens otia curis,

Et nova fatales vertens in commoda casus,

Splendida nunc mecum placiti monimenta laboris

Collustra; tantùmque operæ felicis et artis,

Regifico et dignos sumptu gratare lepores.

At tua, quò vatem revocas, prætoria cantu

rage intrépide , la vertu la plus austère , qui inspira ses maîtres et en fit des héros.

II.

Mais c'est vous, noble rejeton de ces anciens comtes et ducs d'Aquitaine, dont la puissance enchaînait la fureur de l'Océan qui remonte dans la Garonne, et la rend plus redoutable ; c'est vous , illustre François, qui vous montrez plus grand encore que vos ancêtres , et dont Lamothe a le plus à s'enorgueillir. Depuis longtemps vous exercez votre retraite par d'agréables loisirs , vous savez tourner à votre avantage les disgrâces même de la fortune ; veuillez donc m'aider à connaître ces beaux fruits de vos paisibles labeurs , et daignez me faire admirer tant de travaux exécutés avec tant d'art, tant d'embellissements d'une somptuosité vraiment royale. Mais vous voulez que je m'attache surtout à votre palais : je veux donc qu'attirés par mes vers les étrangers viennent du

Longinquas in amœna traham spectacula gentes.

Non juga Telegoni, non mollia Tiburis arva

Pœniteant, Latias olim quæ plurima Musas

Frondosi hospitii gelidâ tenuêre sub umbrâ.

III.

Conspicuas immenso aditu progressus ad arces

Chlorus, Apollineâ vernant cui tempora lauro,

Lunatum institerat campum, frontemque legebat

Adversam Castri admirans, et ahenea claustra.

Sublimes tacitus valvas prælabitur amnis :

Limen inaurato succingunt ferrea vallo,

Candentes inter quæ spicula fixa columnas.

Addita vis formæ, decorique admixta voluptas.

At valli in medio, et supremo in fornice portæ,

Divite flavescit, soli haud spernenda, metallo,

Demittitque caput Clytie et languentia colla;

plus loin le visiter à l'envi. La beauté de cet édifice ne serait indigne ni des montagnes que Télégone couvrit de palais somptueux, ni de ces vallées de Tibur, dont le tendre gazon et les ombrages frais invitèrent tant de fois les muses latines à venir s'y reposer.

III.

Par une allée immense, qui montre de bien loin le Château, était arrivé Chlore, le front orné des lauriers d'Apollon; parvenu à la demi-lune qui précède les barrières de fer, il s'arrête, les yeux fixés sur le frontispice où il semble lire et admirer. Devant les grandes portes coule paisiblement une rivière : le mur d'enceinte est surmonté d'une claire-voie en fer, dont les javelots dorés brillent et contrastent avec la blancheur des piliers. La beauté et la force, la richesse et le goût, tout s'y mêle avec art. Au milieu de la balustrade, au sommet du fronton se

Jàmque riget luctu : florem cura ipsa colorat.

Antiqui, Clyties dextrâ lævàque, superstant

Postibus Heroës; solidum queis pectore robur,

Marmoreo spirat majestas ardua vultu.

IV.

Projecta et nanis ingens redimita cupressis

Arca transmisso juvenem vix ponte recepit;

Sydereâ illustris specie cùm se obtulit Hospes,

Aggere contiguo visus descendere Castri.

Pulchrorum ille operum longè pulcherrimus auspex [4],

Cujus amor puris excelsas ignibus Artes

Incendit, seu res manibus, seu mente gerenda,

Ibat Honos, florentem auro per colla torosque

montre, aussi éblouissant que le soleil, un bloc doré qui représente la malheureuse Clytie, dont la tête est penchée, dont le cou languit, elle va mourir de douleur : bientôt c'est une fleur empreinte de la couleur des soucis. A droite et à gauche de Clytie, sur les deux colonnes du portail se tiennent debout d'anciens héros, dont la poitrine est couverte d'une épaisse cuirasse, dont l'air fier et majestueux semble encore animer le marbre qui les représente.

IV.

A peine le jeune Chlore, franchissant le pont, a-t-il mis le pied dans une grande cour entourée de cyprès nains, qu'il voit l'illustre habitant du Château descendre de sa terrasse et s'avancer d'un air céleste. Il allait et venait au milieu de ses ouvriers, mettant la main à l'œuvre, les aidant de ses lumières et de ses conseils; car tout se fait sous ses auspices, son amour pour les beaux-arts inspire à tous un zèle pur ;

Cæsariem effusus, lituoque instructus eburno.

Ilicet amplexu et dictis occurrit amicis.

Chlore, quis aspectu in primo, limenque sub ipsum

Gressum animumque repens fixit stupor? Extima captos

Motha oculos tenuit : quid, cùm penetralia pandet ?

Murorum neque enim facie censenda, suâque

Mole Domus, pinnisque, et turrigero anfractu.

Ingredere, et majora oculis mirantibus hauri.

V.

Hæc inter, submissum animo gratesque cientem

Occupat ipse manu, superatoque aggere ducit,

Quà gradibus summis gemini insedêre leones.

Ira jubas arrexit, et aspera dentibus ora

ses cheveux parsemés d'or descendent en boucles sur ses épaules, il porte à la main un bâton d'ivoire. Il vole vers l'étranger, l'embrasse, et lui adresse ces paroles amicales : Qui a donc pu, mon ami, fixer ainsi vos regards dès le premier abord, qui a pu étonner votre esprit dès la première entrée ? Ah ! si l'extérieur de Lamothe captive votre attention, que sera-ce quand vous aurez pénétré jusqu'au fond du Château ? N'en jugez, je vous prie, ni par l'aspect de ses murailles, ni par la masse imposante de l'édifice, ni par ses créneaux, ni par ses pavillons et ses tours. Entrez plus avant, et donnez à vos yeux un plus digne sujet d'admiration.

V.

Tandis que Chlore s'excuse humblement et témoigne sa reconnaissance pour tant d'affabilité, le seigneur lui donne la main, le conduit au sommet de la terrasse, où sont assis deux lions rugissants, dont

Illisère globo, atque impactis unguibus horrent.

Tùm Sphinx, virgineo formosum pectore monstrum,

Desinit in tergum, caudamque, unguesque leonis;

Pontisque obsedit fauces, terretque placetque.

Stant toto virides suggestus margine coni.

Protectæ saxo molis latera ardua flumen

Alluit, et vivo restagnant gurgite fossæ.

VI.

Vestibulum jàm Chlorus init; foribusque superbis

Aligeræ accipiunt Horæ, genus Ætheris alti;

Quæ turrim Castri ærisonam, bipatentia supra [5]

Limina pervigili propriam statione tuentur.

Contrà excurrenti respondent atria visu

Pervia, et immensum trans ædes panditur æquor.

Anterior Mothæ quanto plaga limite tendit.

la crinière se hérisse, dont les griffes s'ouvrent, dont la gueule béante grince les dents et vomit des flammes. L'entrée du pont est défendue par un Sphinx, dont la poitrine est d'une vierge, dont le corps, la queue et les griffes sont d'un lion. Ce monstre inspire tout à la fois et de l'horreur et du plaisir. Des pins toujours verts s'élèvent le long de la terrasse, dont les murs escarpés entourent des douves profondes, où coulent et se renouvellent sans cesse les eaux vives d'une rivière.

VI.

Déjà Chlore touche au vestibule, déjà il marche sous un superbe portique habité par les Heures, filles du Ciel, qui jour et nuit veillent à la garde des deux entrées du Château et de la tour de l'horloge qui les surmonte. A peine a-t-il avancé d'un pas, qu'il dé-couvre devant lui l'intérieur du Château percé des

Tùm comitem, argutis oculis per apertà vagantem,

Inferioris Honos succedere sedibus Aulæ

Invitat, croceo Attalico quam stemmata pingunt

Candeneri, undosoque appensa insignia scuto.

Singula percenset ductor, Chloroque resignat,

Et Domini priscâ fastos ab origine texit;

Fulquerium, Widonem, Ostrofrancumque renarrans,

Totque alios Lemovicis agri ditione potentes;

Queis in tergeminos mutatum insigne leones

Stirpem ab Aquitano referebat principe ductam.

Certa loquor monimenta Domûs, tabulasque perennes,

Inquit Honos; nullàque fides ambage laborat.

Gerardi, cubus comiti cui paruit olìm

deux côtés par des fenêtres , à travers lesquelles on
voit se développer un immense bassin dont les eaux
s'étendent par derrière autant que par devant.
Chlore plongeait déjà au travers des ouvertures un
regard curieux, lorsque celui qui fait l'honneur du
Château le fait entrer dans le salon inférieur, orné
de magnifiques peintures jaunes, où sont représentés
les portraits de ses ancêtres et les armes de la famille
de Chandenier, suspendues à un bouclier traversé
d'ondes. Tout est expliqué, mis par ordre sous les
yeux de Chlore ; il lit dans les archives du seigneur
les dates les plus reculées, les noms les plus anciens :
ceux des Fouquier, des Widon, des Ostrofranc , et
de tant d'autres puissants maîtres du Limousin qui ,
par les lions à trois têtes qu'ils ajoutèrent à leurs
armoiries, prouvèrent à la postérité qu'ils tiraient
leur origine des princes d'Aquitaine. Ce ne sont point
là, dit le seigneur, des monuments incertains, ni
des titres nouveaux, ni interrompus, ni embrouillés.
De Gérard, cet ancien comte de Limoges, ce duc

Viviscusque Duci Biturix, placidique vigennæ
Accola, perpetuum recto genus ordine fluxit
Rupem-in-Cavardi : ramoso deindè per omnes
Stemmate Francorum proceres, Italosque cucurrit,
Teutonicosque duces, regali et sanguine mixtum.
Ipsi adeo testes, queis Gallica Lilia florent,
Augusti : et proceres Cavardi-ab-Rupe vetustâ
Sceptriferæ Agnatos præscripsit Littera dextræ.

VII.

Cœlesti dignas sed quas ego præsule laudes,
Cui magnum Rupes dederat Fucaldia nomen,
Concipiam ? Numen ceu tutelare piorum,
Ac regum ille patrem gessit. Nec dignior alter
Romulæ adoratam genti conscendere Sedem :
Nec (quò prestantùm meritis incensa ferebant
Vota Patrum) solio frustrà considere summo

de Berry, qui commandait aux habitants des bords paisibles de la Vienne, descendait en ligne droite la famille de Rochechouard, qui, se répandant ensuite en plusieurs branches parmi tous les seigneurs français, les chefs teutons et les ducs italiens, finit par faire couler dans ses veines le sang royal lui-même. Témoin ces chefs de l'ancienne famille des Rochechouard, qu'on appelait Augustes, et qui mettaient une main et un sceptre devant la lettre initiale de leurs aînés en ligne masculine.

VII.

Mais puis-je assez louer un chef de famille qui a reçu son nom du grand Larochefoucault, cette divinité tutélaire des chrétiens, ce père des rois même? Fut-il jamais cardinal plus digne de monter sur ce Siége adoré des Romains? Ah ! si les vœux ardents des cardinaux du plus grand mérite eussent été exaucés, devenu pasteur de l'univers, devenu roi du

Christiadæ, pronoque humeros supponere seclo

Vidissent custodem orbis, regemque sacrorum,

Purpurei sanè princeps lumenque senatûs,

Nunc potiore micans ostro, stellatus Olympi

Arce sedet, Franciscum et avunculus excitat heros.

VIII.

Quid Polemarchorum clavas, et Martia regna,

Laurigerosque canam, proavis decora addita, fasces,

Et partam Heroum dura inter prælia famam?

Nec verò, stirpem egregiam quæ tanta coronat

Gloria, Candenerum longâ pertentat ovantem

Majorum serie, consanguineisque superbum.

Haud splendoris egens alieni, et lumine clarus

Ipse suo, qualis proprio sol igne coruscat.

Acrior ingenio, dubites, animone; quieti

Aptior, an bello? Certat cum robore forma

sacerdoce, il n'eût pas en vain porté la tiare, et la fermeté de son règne eût pu arrêter le siècle sur le penchant de sa ruine. Sur la terre il fut l'âme et la lumière du sacré collége; et dans le ciel où il règne plus éclatant que la pourpre, plus radieux que les astres, il invite François à partager la gloire de son oncle, en suivant toujours ses exemples héroïques.

VIII.

Chanterai-je encore les massues des Polémarques, les conquêtes, les lauriers, les faisceaux de gloire et de renommée obtenus par ses ancêtres au prix de leur sang versé dans les combats? Mais quel besoin Chandenier a-t-il de s'enorgueillir de cette auréole de gloire qui a toujours couronné la tête de ses pères, et rendu si illustre sa famille? Toute illustration étrangère lui est inutile; semblable au soleil, il brille assez de ses propres rayons. En lui se disputent les qualités de l'esprit et celles du cœur. Doué d'une

Corporis : intrepidâ regnat constantia fronte.

Ille nec officii parcus, nec mollibus uti

Gnarus blanditiis; gratæ capit artis amore

Phœbigenas; doctosque alios, quæ cuique facultas,

Hospitio donisque fovet, studiisque lacessit.

IX.

Ingenio nova causa faces admovit, et ultrò [6]

Splendida captantem commercia nobilis urget

Cura virum, Natus; nec dignior ulla parente,

Et patre haud quisquam potior, sublimia rerum

Sponte suâ sectantem, et nil puerile ferentem

Excolat assiduè, atque ingentibus omnia cœptis

Spondentem accingat famæ, decorique futuro.

beauté, d'une force de corps admirables, il est également propre au repos et à la guerre. Une constance inébranlable règne sur son front. Officieux sans faiblesse, agréable sans flatterie, il aime les poëtes par prédilection pour leur art; il reçoit et encourage par des récompenses les autres talents, et devient même leur émule.

IX.

Ce qui enflamme de nouveau son génie, ce qui lui fait lier avec tant d'empressement société avec ce qu'il y a de plus brillant dans le monde, c'est le soin qu'il prend lui-même de l'éducation de son jeune fils; il n'en est point de plus noble, ni de plus digne d'un bon père. Personne mieux que lui ne saurait diriger ce jeune homme au-dessus de son âge dans les efforts qu'il fait de lui-même pour arriver aux plus hautes connaissances, ni le former à acquérir

X.

Omnia mutatis jàm nunc miracula formis ;

Assyrios, Persas, Grajos, Latiosque sonantem

Externis stupeas linguis. Pulchrum ipse laborem

Ludo avidus rapit ; et memori sub pectore servans

Fastorum signata notis, signata locorum

Cuncta ævi monimenta refert : gressumque Lyceo,

Naturæque adytis oculos immisit apertis.

Usque adeò tardos animus prævertitur artus,

Annorumque moras ! Lustro congesta secundo

Tot studia, exercent vacuas quæ singula mentes.

Atque artes idem musis permiscet equestres,

cette renommée et cette gloire que promettent déjà
de si beaux commencements.

X.

Mais la scène change, admirez de nouveaux pro-
diges : écoutez ce jeune enfant qui parle les langues
étrangères, l'assyrien, le perse, le grec, le latin.
Ce beau travail est pour lui un jeu dont il se montre
avide ; conservant de mémoire les leçons de son
père, il rapporte les notes qu'il a prises sur les
temps, sur les lieux, comme autant de monuments
de l'antiquité ; déjà il fréquente l'école d'Aristote,
déjà il pénètre de ses regards jusqu'aux secrets de la
nature. Tant l'esprit en lui l'emporte sur la faiblesse
de son corps, tant sa sagesse devance ses années!
Dès son second lustre il suffit à tant de genres d'é-
tudes, tandis qu'une seule suffirait pour exercer les
efforts d'un esprit fait, libre de toute autre occupa-
tion. Il sait aussi distraire les muses par des exer-

Gradivi Phœbique avidus decerpere lauros.

Et jàm prima tulit gratantis munera Phœbi,

Aureolo tenerum modulatus pectine carmen.

Quale sub Ortygiæ cecinit natalibus antris

Delius ipse chori princeps, artisque repertor,

Lactea cùm citharam primævo dextera lusu

Impulit : Ægei presserunt murmura fluctus.

XI.

Dixerat; erectumque animis, auditaque plenâ

Mente revolventem, vastæ penetralibus Aulæ

Chlorum educit Honos : junctoque per alta feruntur

Tecta gradu, atque alia ex aliis conclavia lustrant.

O mihi tantorum si fas æquare canendo

cices d'équitation, et apprend avec zèle à cueillir les doubles lauriers de Mars et d'Apollon. Déjà il a reçu les premières faveurs de celui-ci ; déjà il a su tirer de son luth d'or des sons harmonieux et tendres. Ainsi chanta lui-même le dieu inventeur de la musique et des vers, lorsque sous les antres d'Ortygie où il avait pris naissance, il exerçait, en jouant sur la guitare, ses doigts encore tendres et produisait un doux murmure qui allait expirer sur les flots de la mer Egée.

XI.

Aux explications que donnait sur sa Maison François de Rochechouard, Chlore avait prêté une oreille attentive, l'âme toute pénétrée de tant de merveilles ; il sort de la vaste salle où ils étaient, pour monter avec son guide dans les étages supérieurs et parcourir les appartements les uns après les autres. Oh ! que ne puis-je égaler par mes chants

Innumeras decorum species, fusasque per omnem

Delicias gazasque Domum! Regalis ubiquè

Splendor, ubiquè decus, gratoque opulentia luxu.

Aurea librorum hîc nitidas examina sedes

Complevêre : illìc armamentaria ferro,

Partìm etiam argento splendent; nec ahenea desunt,

Missilibusque globis et pulvere fœta nitrato

Tormenta. Indè tonans molitur fulmina Mavors.

XII.

Non ego, Mothæas quanquàm omnia magna per ædes,

Singula amem gracili vacuus percurrere filo.

At doctos equidem haud sileam, quos crebra tapetas

Fabula descripsit, Chlorique exsuscitat æstrum ;

Quos punctis acus insistens operosa minutis

Bombyce exegit, miráque animam addidit arte.

tant de si grandes beautés, tant de si doux charmes, tant de si riches trésors répandus dans tout le Château! Partout la richesse, le luxe et le goût offrent une splendeur véritablement royale. Ici vous voyez une nombreuse bibliothèque dont les volumes dorés contrastent avec la blancheur de l'appartement. Là un arsenal offre des armes et des armures où l'acier et l'argent brillent également; comme aussi des canons en bronze prêts à vomir les boulets et la poudre dont ils sont chargés. C'est de là que Mars tonne et lance la foudre.

XII.

Quoique tout soit grand à Lamothe, mon intention n'est pas d'allonger mon récit par des circonstances inutiles. Mais puis-je passer sous silence ces belles tapisseries que la science a chargées d'histoires fabuleuses qui excitent l'enthousiasme de Chlore? Une aiguille habile, par un travail inouï,

Vos juveni, quoscumque novæ Carthaginis hospes

Legerat Æneas casus patriæque labores

Junonis templo effictos, aulæa refertis

Gemmata, et Graiæ ac Latiæ contexta Minervæ.

Hic spoliatum armis, spoliatum lumine victor

Hectora crudelis raptat, cumque Hectore Trojam.

At Priamus (tantùm patrii vis ausa doloris!)

Pelidæ affusus genibus, natique rubentem

Sanguine complexus dextram, feralia jura

Et lacrymas emit appenso miserabilis auro.

Parte aliâ insidias, furtivosque edidit hostes

Arduus insultans muris Equus; indè Pelasgi

Dardaniam exundant nocturnâ strage per urbem.

par un art admirable, a su donner au tissu de soie la finesse de la peinture, le brillant du coloris, la vivacité du sentiment. Toutes les aventures d'Enée, tous les malheurs de sa patrie, qu'il racontait autrefois à Didon, reine et fondatrice de Carthage, et qui furent représentés dans le temple de Junon, revivent au naturel sur ces tapis, ainsi que les merveilles opérées par Minerve, adorée des Grecs et des Latins. Là paraît le malheureux Hector, dépouillé de ses armes, privé de la vie par un cruel vainqueur qui traîne son corps et insulte en même temps au malheur de Troie. Cependant combien est forte la douleur d'un père! Le vieux Priam, aux genoux du fils de Pélée, baisant la main ensanglantée de son fils, achète au poids de l'or la triste consolation de pleurer sur le corps de ce fils et de lui donner la sépulture. D'un autre côté voyez ce cheval perfide, plus élevé que les murs auxquels il insulte et qu'il couvre d'ennemis sortis de son sein; les Grecs, par cette ruse infernale, inondent pendant la nuit la

Jàm cinis est quæ Troja fuit, domus illa Deorum,
Ille Deûm labor. Hîc nondum consedit in ignes
Seclorum victrix, et adhuc vivacibus ardet
Inconsumpta rogis, mediâque in clade perennat.

XIII.

Postquàm oculis Phrygios inhians animoque tapetas
Circumiit; patulum se offert, latèque recluso,
Adprimos quâ parte Domus respectat Eoos,
Parietc suggestum procurrit, et imminet undis.
Quò gressum juvenis simul intulit; arvaque raptìm
Obvia prospectu insolito mirosque lepores
Libavit; simul attonitus, fidissime ductor!
Verane, ait, rerum facies? An splendidus error
Ludit Apellei fuco fallente laboris?
Lætius artificis nam quid solertia dextræ
Finxerit, audaci quidvis mentita colore?

ville des Troyens. Déjà Troie, ce temple des dieux, cet ouvrage des dieux même, n'est plus qu'un monceau de cendres. Mais sur ces tapis immortels l'incendie n'a pu la détruire, elle a vaincu les siècles, elle brûle ardemment sans se consumer, et reste immobile au milieu même de sa ruine.

XIII.

Après que le jeune visiteur a parcouru avec des yeux attentifs et un esprit avide tous ces tapis de Phrygie, ses regards se tournent vers un balcon long et large qui s'avance sur l'eau du côté du levant. Il y porte aussitôt ses pas et dévore des yeux le spectacle si nouveau, si admirable, que lui offre la campagne environnante; et dans son étonnement: Dois-je, Seigneur, dit-il, en croire à mes yeux? N'est-ce point un magnifique tableau, inventé par le génie, exécuté par le pinceau d'Apelles? La main du peintre le plus habile eût-elle pu mieux feindre

Hìc virides umbras nemorum, hìc felicia culta

Hortorum, hìc riguo trepidantia flumina cursu,

Prataque sectilibus latè gemmantia rivis ?

Ut partem ridente solo funduntur in omnem

Gaudia, campestrisque decus spectabile regni !

Circeos equidem lucos, cantataque rura

Crediderim, illusos quondam pascentia sensus.

XIV.

Ergo age, multiplices jucunda per otia formas

Perlege, et Æmonias Tempe vincentia valles,

Arridens subjecit Honos. Ipse omnia blandus

Intento signat digito, et res vocibus ornat.

son sujet, ou mieux perfectionner ses couleurs? Ici des ombrages frais, des bosquets toujours verts; là des jardins délicieux; plus loin des ruisseaux qui arrosent çà et là des prairies émaillées de fleurs, et serpentent en murmurant au milieu de la verdure. Comme tout rit autour de nous, comme tout égaie, comme tout contribue à embellir ce champêtre mais royal séjour! On se croirait dans ces bois, dans ces plaines enchantées de Circé, qui produisaient jadis tant d'illusion dans les sens.

XIV.

Eh bien! dit en souriant le noble François, admirez donc à loisir tant de beautés qui vous plaisent, et cette vallée qui efface en effet celle de Tempé. Lui-même avec bonté lui montre au doigt chaque objet, et joint aux gestes les explications les plus claires.

XV.

En, ait, ut Castrum placido circumvaga fluctu

Nympha coronavit! Dorizam nomine dicunt :

Cespite ut eductus, tenuis quem glarea vestit,

Ripasque extruxit, pratumque amplectitur agger !

Pratum adversum, ingens; ubi ritu ficta Britanno

Mille trahit virides secto area gramine flexus.

Dædaleo ut sepes operi formosa renidet !

Frondentes metas, immortales cyparissos

Punicei variant flores ; contexta roseta

Laudato ante alios frutici, cui nomina fecit

Perpetuus, canæque viror nil frigora brumæ,

Nil rapidam æstatem metuens, torrentiaque astra

Quattuor amne obeunt ducto in diversa canales :

Singulaque integrum referunt divortia flumen,

XV.

Voyez-vous, dit-il, comme ces douves promènent paisiblement leurs eaux à l'entour du Château ! Une nymphe qu'on appelle Doriza les y entretient. Voyez-vous, tout autour, ce talus de gazon, couronné par un sable léger, qui lui sert de rivage et borde cette vaste prairie qui s'étend vis-à-vis ? Voyez-vous ces mille sentiers de sable formant, par leurs sinuosités à travers le gazon de la prairie, une espèce de jardin anglais, de labyrinthe, qu'embellit encore une haie vive? Ces pyramides verdoyantes, ces cyprès immortels font ressortir la pourpre de ces fleurs; admirez surtout ces massifs de rosiers, qui se marient avec cet arbrisseau dont le nom vient de sa fraîcheur, que ne peuvent ternir ni la saison rigoureuse des frimas, ni les rapides et ardentes chaleurs de l'été. Ces quatre canaux immenses reçoivent et conduisent en tout sens la rivière pour la

Chrystallum oblongo liquidam volvente meatu ;

Et castigatæ, ne quà sylva edita visu [7]

Officiat, puris circumsedêre cupressi

Æquales spatiis, et utroque à margine vernant.

Omnia congeminat lymphæ specularis imago.

Aspice et ulteriùs pratis nemorosa vireta.

In medio longèque viam, latèque patentem [8]

Herculea obtexit foliis bicoloribus arbos,

Dum vastà excipiat crescentis imagine lunæ

Concursus populorum, et publica vota petentûm

Salmurias arces et magnæ Virginis aras.

XVI.

Talia monstrantis, visu per cuncta sequaci,

Stabat inexpletùm juvenis suspensus ab ore.

rendre ensuite à son lit naturel, après avoir longtemps et paisiblement roulé ses eaux limpides. A
droite et à gauche de chacun de ces canaux s'élèvent,
égaux entre eux et à des distances exactes, des cyprès
qu'on taille, de peur qu'en épaississant ils n'offus-
quent la vue. Ce double rang d'arbres est répété par
le miroir des eaux. Voyez encore plus loin la verdure de ces prés aussi épaisse qu'une forêt. Voyez
enfin cette longue allée, qui traverse la campagne,
ombragée par les feuilles à double couleur de l'arbre
consacré à Hercule, et qui s'étend jusqu'à l'endroit
où elle forme un croissant et où se rassemblent en
grand nombre ceux qui vont à Saumur porter leurs
vœux et leurs hommages aux pieds des autels de l'au-
guste Vierge Marie.

XVI.

De telles indications qui éclairaient la vue, en la
faisant suivre par ordre tous les objets, tenaient les

Cui ductor : Subjecta oculis volitare per arva

Pergimus; an certis propiùs cognoscere formis

Cætera, Chlore, juvat, gressumque efferre morantem?

Lætius hoc : dulcisque labor pervadere prata ,

Gramineosque toros manantibus undiquè rivis ,

Vicinumque nemus. Chlorus statione rclictâ

Exscendens, rarum artis opus jam calce terebat,

Pendentesque gradus, atque ipso stantia nexu

Apta inter sese miratur grandia saxa.

XVII.

Indè, sub egressum, taciti ad penetrale sacelli,

Quod lateri annexum dextro gradibusque recurvis,

yeux de Chlore constamment attachés sur le visage de son noble guide. Mais, dit celui-ci, nous ne faisons qu'effleurer de nos yeux la plaine qui nous regarde ; n'aimeriez-vous pas connaître de plus près et plus sûrement le reste, et porter au dehors vos pas, au lieu d'être ici trop longtemps arrêté ? Ce sera plus agréable : car c'est un exercice délicieux que de parcourir un bois tout proche, des prés, des lits de gazon partout arrosés de ruisseaux. Chlore à peine a fait un mouvement que pour descendre il foule aux pieds et admire un rare chef-d'œuvre, un escalier suspendu, dont les énormes degrés enchaînés artistement ensemble ne se soutiennent que par leur propre poids.

XVII.

Sortant de l'escalier, on entre, par dehors et par des degrés recourbés, dans une chapelle silencieuse annexée à l'aile droite, où l'on se sent comme attiré

Ducitur afflatus propiori Numinis aurâ.

Ritè piam ostendit sedem , sanctosque recessus

Dux juveni , et quàm crebra loco pretiosa supellex ;

Ingens præcipuè candenti è marmore Signum [9].

Humanâ major species niveam insidet aram ,

Marmoreusque puer maternis decubat ulnis.

XVIII.

Credo equidem , indigetis simulacrum nobile Divæ

(Infit Honos) arrecto animo dum suspicis , hospes ,

Grande illud tacitus volvis : *Cœlone peractum*

Fluxit opus? Certè longinqua per æquora tantum

Hoc decoris Motham advectum. Basin aspice versu

par l'approche de la Divinité. François montre avec vénération, à son jeune ami, ce pieux asile, son sanctuaire, les meubles précieux et en grand nombre qui le décorent, surtout une grande statue d'un marbre éclatant par sa blancheur. Cette statue, montée sur un autel aussi blanc que la neige, est une mère d'une taille surhumaine, tenant, à demi couché entre ses bras, son enfant aussi de marbre.

XVIII.

Il me semble, dit-il, cher Chlore, qu'en fixant vos regards étonnés sur la noble statue de la divine Reine qu'on honore en ces lieux, vous roulez dans votre esprit cette pensée : N'est-ce point un chef-d'œuvre descendu du ciel ? Ce qu'il y a de certain, c'est qu'il a traversé les mers pour procurer à Lamothe un si bel ornement. Voyez sur son piédestal cette inscription à la mémoire des siècles : *Don de la ville de Gênes ;* don de respect, hommage d'es-

Inciso memorem : Genuæ venerabile donum
Agnoscas, unâ nec relligione tuendum.

XIX.

Tempore quo Francâ Ligures ditione Secundus
A Decimo implicuit Ludovix, par unus utrique
Hesperiæ, belloque potens; sed amore suorum
Clarior, et populi non vanâ laude parentem
Jactantis; rerumque adverso fortior æstu :
Pictonicas moderantem urbes et Santonis oras
Oceani, multâque priùs virtute probatum
Franciscum imposuit Genuæ, qui parta fideli
Servaret validâque manu, regemque referret.
Pro quo bisgeminum pario de marmore munus
Publica gratati cives monimenta dicârunt.
Henrici studio Magni haud indignus, ad arces
Fabricius Belli dictas cognomine Fontis

time, inappréciable aux yeux même de plus d'une croyance.

XIX.

A l'époque où Louis XII, si justement appelé le Père du peuple, et encore plus aimé de ses sujets que redoutable à ses ennemis, après avoir lutté seul contre l'Espagne et l'Italie, venait de soumettre la Ligurie à la France, et semblait puiser une nouvelle force dans les revers, François était gouverneur des villes du Poitou et de la Saintonge qui borde l'Océan. Pour prix de sa valeur il fut nommé gouverneur de Gênes, comme capable, par la force de son bras, de conserver cette conquête, et comme digne par sa fidélité d'y représenter la majesté royale. C'est en mémoire de ses services que les habitants de Gênes lui envoyèrent cette double statue de marbre de Paros, comme un monument public de leur reconnaissance. Nouveau Fabricius,

Secessit, statuisque decus regalibus addit.

Ex illo quæ lux generis, quæ gloria jàm tùm

Candeneri, cernas, gestis et adorea rebus.

XX.

Franciscum hâc pietas exercet sede frequentem.

Exemplo componit Herus famulantia corda;

Sed magìs affixam lateri pater ardua prolem

Astra sequi, pulchroque docens inolescere mori.

Sic aquilæ advolitat pennis jàm fortibus audax

Vere novo fœtus, cùm rupibus emicat ales

Fulmineus, cœlique iras cœcosque fragores

Exsuperans, rutilo nubes secat ocior igni.

il se retira dans son château de Bellefont ; Henri le Grand le jugea digne de son amitié, et parmi les statues royales il fit mettre la sienne qui ne leur cède point en beauté. Par tous ces faits il est facile de voir quel éclat et quelle gloire ont dû rejaillir sur la famille de Chandenier.

XX.

La piété de François le conduit souvent dans sa chapelle. Entraînés par ses exemples, ses serviteurs s'efforcent de l'imiter. Mais c'est surtout son jeune fils qui, toujours avec lui, apprend à suivre de bonne heure le chemin escarpé qui mène au ciel, et à grandir dans l'habitude de l'innocence et la pratique de la vertu. Tel au printemps vous voyez un aiglon déjà fort voltiger et s'enhardir sur les ailes de sa mère, lorsque sur la cime d'un rocher elle brave les éclairs et le tonnerre, ou s'élance, plus prompte que la foudre, à travers les nuées.

XXI.

Jàmque adytis cedebat Honos; cùm Chlorus, at, inquit,

Marmora dissimulas medio substructa sacello.

Ille autem : Ne verò alti, ne quære doloris

Materiem. Ilìc viridis prærepta in flore juventæ [10]

Quippè viro conjux; lethi victricia corda,

Æternæque fovent cinerem sub marmore flammæ.

Stirpe genus Lupia; cœlesti ab Virgine nomen :

Bellenave, ditio : roseo mens pulchrior ore.

Improba Lucinæ primum Libitina levamen

Invidiâ excepit, libataque gaudia vertit.

Sat partu fecunda uno tamen illa, puellum

Nunc Geniis enixa parem. Nec plura profari

Sustinuit : gemitu sermonem abrupit acuto.

XXI.

Déjà François quittait le saint lieu : Mais, dit Chlore, vous ne parlez point de ce marbre qui s'élève au milieu de la chapelle... Ah ! ne renouvelez pas le sujet d'une douleur bien profonde, répond le seigneur affligé. Sous ce marbre gît une épouse chérie, enlevée, à la fleur de l'âge, à son époux, dont la mort n'a pu détruire le souvenir ni les regrets, et dont l'amour éternel cherche en vain à réchauffer les cendres de ce tombeau. Issue du sang de Louvois, elle portait le nom de la vierge Marie. Sa terre était Bellenave. Son esprit surpassait encore la beauté, la fraîcheur de son visage. La cruelle Mort, jalouse du bonheur que me faisait éprouver un premier accouchement, changea soudain ma joie en tristesse. Et pourtant d'une seule couche elle avait comblé mes vœux, en me donnant un fils qui aujourd'hui rivalise avec les génies. Il ne put en dire davantage, interrompu par ses soupirs, étouffé par ses sanglots.

XXII.

Protinùs hìnc Comitem vicina sub atria transfert,
Quæ limbo circùm insigni condensa tabella
Vestiit, et pelago ac terris descripta pependit.
Torva hæc aspectu, et vultus imitata leonis,
Corpore turrito ac totis gerit artubus urbes :
Arces ore sedent, exertis unguibus arces ;
Stant villi sylvis, decurrunt flumina venis.
Nec minùs illa ferox, habituque induta draconem,
Sed tamen innocuis populos complectitur alis.
Ludicra quas hominum formas industria fecit,
Ausa etiam cœlo Superisque adscribere monstra.

XXIII.

Ecce autem patriæ laus et spes altera Mothæ,
Candeneri soboles, Musarum illustris alumnus,

XXII.

A l'instant il conduit son hôte près de là dans une salle dont les murs sont couverts d'un immense tableau bien encadré qui représente une description de la terre et de la mer. C'est un lion, terrible à voir, dont tout le corps et les membres sont garnis de villes et de tours énormes ; dans sa gueule et dans ses griffes ouvertes sont des forteresses, ses poils sont des forêts, ses veines sont des fleuves. C'est encore un dragon furieux, dont les ailes embrassent des peuples entiers, mais sans leur nuire. On voit d'un côté toute sorte de figures humaines que l'art s'est plu à imaginer, de l'autre toute espèce de monstres et de divinités que l'imagination a osé feindre dans les cieux.

XXIII.

Mais la gloire de la patrie, l'espérance de Lamothe repose surtout sur le fils de Chandenier, cet illustre

Arti instabat ovans , corda igneus , aureus ora.

Mox ubi certatum officiis ; quascumque per oras

Ire velit , cuicumque freto dare carbasa , promptum

Spondet Honor signare vias , Chloroque lacessi

Ardentem. Ingenii certus , lætusque pericli

Emicuit, radio stringens quæsita fideli ;

Mirator stimulos alacri dum subderet hospes.

Dic , ubi se, proavis quondam regnata , superbis

Ædibus attollat Genua , et queis imperet undis ?

Continuò notat hic Ligures ; quibus acer in oris

Regisque et patriæ vindex Czarneskius ardet ?

Littaviæ saltus , saturasque cruore paludes

Ostendit, captasque urbes, populosque fugatos.

Sarmaticæ hìc acies ; hìc cæsi castra Geloni.

Et numero iste quidem superans ; at languida bello

Dextera. Theïciis congressus viribus impar

nourrisson des Muses, qui, brûlé d'un zèle que n'annonce point sa blonde chevelure, fixe un œil avide sur ces objets d'art. Chlore veut entrer en lice avec lui : Vous pouvez, dit le père, entreprendre quel voyage vous voudrez sur terre ou sur mer, il vous indiquera promptement la route que vous aurez à suivre, il ne désire rien tant que de combattre avec vous. Le noble enfant, sûr de ses connaissances, se moquant des difficultés, grille de répondre et répond catégoriquement à chacune des questions, et son émulation est encore excitée par les éloges que lui prodigue son interrogateur. Sur quelles mers, sur quels bords s'élève la superbe Gênes, où régnèrent vos ancêtres? La Ligurie vient aussitôt en réponse. Dans quel pays combat le brave Czarnesk, vengeur de son roi et de sa patrie? Il montre à l'instant la Lithuanie, ses marais abreuvés de sang, ses villes prises, ses peuples mis en fuite. Ici l'armée des Sarmates, là le camp des Gélons jonché de cadavres. Ils avaient été supérieurs en nombre, mais leur bras

Quid Dacus, Pannoque, et Cæsaris arma pararent,

Dicebat; Venctûm egregios, pia bella, labores

Subtexens ultrò, ac quæsitis plura rependens;

Dalmatiam, Crctamquc, volantesque æquore Francos

Auxilio, variâque frementem classe Zacynthon.

XXIV.

Tùm Japonum addebat, Sinarumque ultima regna

Montibus ac scopulis, æternoque aggcre circùm

Vallata; et, si quà nativus deficit agger,

Perpetuâ muros internectente coronâ.

Perfidus, ut subitâ defecit labe, ruinam

Imperii traxit murus; quà prodita claustra,

Ultrò avidum invitans reclusis finibus hostem.

s'était appesanti. Il dit ce que les Daces, les Pan-
noniens, les armées de César ont fait souffrir aux
habitants des bords du Théïs, dont les forces étaient
pourtant plus considérables; il ajoute, sans qu'on
le lui demande, et raconte par ordre les généreux
combats des Vénitiens, et les guerres de religion;
puis la Dalmatie, la Crète, les flottes françaises
volant au secours des chrétiens, l'île de Zante dont
les bords se hérissent de vaisseaux de plusieurs
couleurs.

XXIV.

Bien plus, il en vient au Japon, à la Chine, placés
à l'extrémité de l'univers, dont ils sont séparés par
une digue impénétrable, par des montagnes et des
rochers, et là où finissent les montagnes commence
cette grande muraille qui entoure cet empire. Il fait
observer que cette muraille étant venue à faire brè-
che causa tout-à-coup la ruine de l'état; car l'en-

Non expectato deprensa ignavia casu ;

Turbine correptum imperium : tot sceptra solutas

Effugêre manus , victoris præda superbi.

Aurea jàm Kamo Pequini regia servit.

Sic memorans, geminum solers errare per axem ,

Lusiadum æquabat cursus, classesque Batavas,

Laudibus implebit, studiis quem jàm occupat Orbem.

XXV.

His actis, Castro excedunt, tabulataque picti

Lata premunt pontis, Phœbique feruntur ad ortus.

Aggere constiterant medio : Castroque sub ipso

nemi voyant tomber le seul obstacle qui le séparât de son voisin, et ne trouvant derrière aucune opposition, aucune prévoyance, saisit tout-à-coup sa proie. L'empire chinois fut emporté comme d'un coup de foudre; tant de sceptres échappèrent à des mains sans défense, pour devenir la proie d'un superbe vainqueur. Depuis cette époque le riche palais de Pékin est au pouvoir du Tartare Kam. Dans ces indications, dans ces récits historiques (tant il parcourt facilement les deux hémisphères!) il égale la rapidité de la course des habitants de l'Arcadie, et l'agilité des vaisseaux hollandais : cet enfant remplira du bruit de son nom le monde entier, comme il l'embrasse aujourd'hui dans ses études.

XXV.

Après cet examen, sortant du Château, ils franchissent le large plancher du pont orné de peinture, et se dirigent du côté de l'orient. S'arrêtant au mi-

Quattuor apparent sectæ discrimina vallis,

Quattuor ad ventos vastum porrecta per æquor,

Prataque, odoratumque nemus, latosque canales.

Arboris eximiæ versu distincta quaterno,

Tergemina immenso excurrit via limite in omnem

Acta plagam, tantùm nitidi jacet undiquè campi !

Tractu Lyncea vis insano fracta resistat.

Longarum ingentes supremo in fine viarum

Termini, et insignes candenti mole columnæ.

Innumeros paribus spatiis atque ordine certo

Propugnantque, ornantque simul claustra addita pontes.

Ferrea tota virent, nisi quà permiscuit aurum

Artificis non parca manus : virgataque gyro

Ludunt multiplici, et longo serpentia flexu.

Lævia per segmenta, et apertos undiquè chlatros

Transmitti faciles visus. Florente metallo

lieu de la terrasse, du pied même du château, ils voient se dérouler devant eux, des quatre côtés, le tableau varié d'une vallée qui forme un vaste bassin coupé par des prés, par un bois odoriférant, par de longs et larges canaux toujours pleins. Ce bassin se prolonge en une triple allée formée par quatre rangs d'arbres magnifiques qui s'étendent indéfiniment dans tout le pays (tant la plaine est unie et bien cultivée !) La distance est tellement démesurée, qu'elle fatiguerait même la vue d'un lynx. Tout au bout de chaque percée, la vue n'est bornée que par de hautes colonnes d'une blancheur éclatante. Des ponts sans nombre jetés avec ordre et à des distances régulières, sont ornés et défendus par des grilles tout en fer peint de couleur verte, excepté les dorures que la main de l'ouvrier a su y mêler avec art et profusion. Ce sont de longs serpents dont les plis et replis multipliés les enlacent. Les ornements légers et les barreaux écartés les uns des autres n'embarrassent point la vue. Des lis en or, travaillés avec art, penchent la

Impendent, sparguntque comas operosa micantes

Lilia. Tùm jaculis increvit cuspis acutis

Suprà, infràque horrens : portæ latus armat utrumque,

Projectique aditus intercipit objice ferri.

XXVI.

Defixum objectâ specie per singula Chlorum,

Præsertìm verso in Zephyrum per hiantia Castri

Atria conspectu hærentem, procedere porrò

Admonuit ; lævamque petens , imposta canali

Dux picturatæ subiit fastigia portæ.

Belgicæ inumbratum patulis quod frondibus ulmi ,

Transversum carpit spatium , pratisque propinquo

Succedit nemori. Venantibus obvia passìm

Præda, feræ : nec Phasiacæ deest turba volucris.

tête et répandent négligemment leurs brillantes chevelures. Au-dessus s'élèvent des javelots dont la pointe est aiguë, dont la lame est inférieurement recourbée. Les deux côtés de la porte en sont armés, de telle sorte que les pointes, ressortant en avant, les rendent inaccessibles.

XXVI.

Chlore admirait tout en détail ; les yeux surtout fixés sur le salon du Château ouvert, il restait immobile tourné vers l'occident ; son noble guide le prie d'avancer vers la gauche, où ils passent la porte d'un pont couvert de peinture. Ils prennent une allée transversale, ombragée du feuillage épais de l'ormeau de Belgique, et entrent dans un bois entouré de prairies. Ils rencontrent çà et là des bêtes fauves, destinées pour la chasse ; ils voient même des volées entières de faisans.

XXVII.

Jàm sylvam ventum in mediam, quod lata bis octo

In centrum toto coëunt spatia undiquè saltu.

Pratorum in gremio, totidem strata ampla viarum

Par stellæ species radiato colligit orbe.

Orbem densa utrumque abies, Indisque petitæ

Finibus intonsoque comantes vertice plantæ

Circumstant, viridemque loco struxêre coronam.

Hìc molles strepitant Auræ, dulcique canoras

Murmure aves questuque cient. Frondentia tecta

Ingenui vario persultant agmine Ludi.

Et sua cuique vacat regio. Quàm longa palæstra

Ferrato exercet tuditi versatile buxum,

Ac valido tantùm lusu calet! Ilice opaca

Assurgunt latera, et ferventia tela retundunt.

XXVII.

Déjà ils sont au milieu du bois, où seize percées qui traversent en tout sens viennent se réunir à un centre commun. De même, au milieu des prés, de larges sentiers droits qui partent de tous les points, viennent aboutir à un seul dont ils forment une étoile. Ces deux centres sont entourés de sapins touffus et de plantes de l'Inde, dont la tête croît librement et forme tout à la fois une couronne de verdure et un épais ombrage. Là murmurent les tendres zéphyrs, là mille oiseaux font entendre leurs gémissements et leur doux ramage. Sous des toits verdoyants, toutes sortes de jeux honnêtes invitent au plaisir. Chacun de ces jeux occupe la place qui lui est destinée. Quelle longue lutte établie entre ce maillet ferré et ce sabot de buis qui tourne sans cesse, tant le jeu s'échauffe ! Du tronc d'un gros chène s'élèvent des points de mire contre lesquels se lancent

Certatìm solidosque globos, animataque plagis

Robora succincti pugiles truduntque, rotantque.

Concussæ alterno responsant verbere sylvæ.

XXVIII.

Exin digressos campestris scena theatri,

Pierioque æterna vocant viridaria ludo,

Spectanti procerum quondam gratissima turbæ.

XXIX.

Interlucentes ferro tùm dividit hortus

Contiguus valvas. Fruticum lectissima sylva

Pomifero autumno muros convestit apricos;

Autumnique ornant alienos munera menses.

et viennent s'émousser mille traits. Des athlètes armés de boules et de bâtons se battent entre eux, et frappent en tournant ces bâtons les uns contre les autres. Le bruit des coups redoublés est répété par les échos du bois.

XXVIII.

Sortis de là, ils sont attirés par la vue d'un théâtre champêtre , où l'on représentait sous d'éternels vergers des scènes dramatiques , des jeux littéraires, genre de spectacle autrefois fort agréable aux yeux des grands.

XXIX.

Tout près est un jardin dont les barrières sont en fer poli, dont les portes à claire-voie sont ouvertes. Une foule d'arbres fruitiers choisis chargent des dons de l'automne les murs exposés au soleil , et ces dons

At latus adversum nitidis intexta columnis

Ærea præcingit sepes; hortique perennes

Delicias eadem clauditque aperitque tuendo.

XXX.

Atque ubi quadrifidâ incurrunt regione viarum

Transversi pulvilli, incurvatoque recedunt

Margine lunati; culto sese extulit arvo

Artis apex, compacta globis, ferrique metallum

Auro illusa, micans, et conscia machina cœlo.

Aurea fama super passis levis eminet alis,

Ære cavo inflatas tollens ad sidera laudes

Candeneri, claræque ferens insignia gentis.

Aurea Candeneri rutilat summo axe corona,

Vel dum nube latet Phœbus, dum nocte sepultus

Temporis expressura vices. Phœbumque sequentis

Flos Clyties, austrina poli suffixus ad astra;

de l'automne abondent encore avant et après la saison naturelle. Le devant du jardin est fermé par une barrière en bronze, soutenue par des colonnes fort blanches, qui tout à la fois montrent et défendent les délices continuelles qu'il renferme.

XXX.

A l'endroit où se coupent les allées du jardin et forment quatre carrés, et où des coussins de gazon s'étendent en rondeur, le centre sert de base à un bloc élevé, composé de globes de fer liés ensemble, dont la dorure brille au loin, et dont la hauteur semble se confondre avec le ciel. Cette pyramide est surmontée par une Renommée de bronze doré, dont les ailes s'étendent, dont le cœur paraît tout enflé d'orgueil de porter jusqu'aux astres le nom de Chandenier, et les insignes de son illustre famille. A l'extrémité d'une aiguille se montre éblouissante la couronne d'or de Chandenier, destinée à marquer

Auratique orbes, ac florum ex ordine gemmæ,

Et cælata basis vertente inscribitur umbrâ,

Umbrâ, quam cornu effulgens fera temperat aureo,

Mitis ab ingenio Domini mansuescere docta;

Horas cuique suas tot per loca dissita genti,

Ac tempestates, varias revolubilis anni

Describit, festosque dies; et quæ, hospita solis,

Ignea signifero regnent animalia tractu.

Æternum cursorem, indefessumque laboris

Umbra pari solem cursu sequiturque fugitque

Tempore dimenso. Mortalem extendere vitam,

Quæ volucrique aurâ trepidâque fugacior umbrâ est,

Fama potens, heroum umbras in sidera transfert.

les heures de la nuit et des jours nébuleux. A mesure que le soleil tourne, on voit tourner aussi la fleur de Clytie, dont la tige est fixée vers le sud ; des cercles dorés, des fleurs rangées par ordre, viennent tour à tour inscrire l'heure sur les gravures d'un cadran, où la corne d'or d'un animal féroce, dompté par le génie de François, vient exactement dessiner l'ombre, et marquer ainsi successivement l'heure qu'il est dans tel ou tel lieu du monde, la température qui y règne, comme aussi les différentes saisons de l'année, et les jours de fêtes ; enfin, dans quel signe du zodiaque se trouve actuellement le soleil. C'est ainsi que l'ombre de ce cadran précède ou suit, quand il le faut, la course rapide de l'astre qui ne se repose jamais. Cette ombre est encore moins incertaine, moins fugitive que cette vie mortelle ; il n'y a que la renommée qui puisse la prolonger au-delà du tombeau, et élever jusqu'au ciel les âmes des héros.

XXXI.

Accedunt, hilaresque oculos per singula volvunt,

Chlorus, et astriferis agitans commercia regnis

Vixque humiles plantà stringens Honor alite terras.

Curriculo in magno celeres quæ meta quadrigas

Sistat, agens retrò; et versis quò tendat habenis

Longa per ardentes relegens vestigia campos,

Justus et alterno brumam sol dividat æstu;

Qui lucem appendat tenebris, noctesque diebus

Æquator; mediumque diem qui vertice signet

Circulus; alloquio miscent, hortumque peragrant.

XXXI.

Ils s'approchent l'un et l'autre, et prennent plaisir à examiner chaque objet en détail ; le seigneur de Lamothe paraît à peine toucher la terre de ses pieds, tant il semble pénétrer avant dans la région des astres. Il parcourt à reculons le grand cercle et y marque le plus haut point, où s'arrêtent les superbes coursiers, au-delà duquel point le soleil, changeant la direction des rênes, franchit un long espace à travers des plaines de feu, et arrive à l'équinoxe où il traite avec justice le partage de l'été et de l'hiver. Il fait remarquer comme l'équateur balance et la lumière et les ténèbres, et les jours et les nuits. Il montre le cercle qui, passant au zénith à midi, marque le milieu du jour ; puis ils s'entretiennent sur divers sujets, et font le tour du jardin.

XXXII.

Stant triplices forro portæ, splendentia claustra,

Quà sublapsum hortus læto bibit ubere flumen.

Atque hinc Euripo duplici et brevioribus alveis

Castrenses lympha in fossas exercita cursu

Commeat, et crebro Nymphæ plausêre natatu.

Istùc bisgeminos videas sub equilibus altis

Confluere, exortos septenis fontibus amnes;

Et quem multifido trajecit Motha canali;

Et qui diversâ salientes parte maritat

Hospes aquas, primumque subit juncto agmine limen,

Cœruleum hìnc Ligerim affectans, Neptuniaque arva.

XXXII.

La place de justice a trois portes barrières aussi brillantes que les autres, à l'endroit où le jardin reçoit sa fraîcheur et sa fertilité d'une rivière qui coule au pied. De là, par deux grands fossés et des conduits étroits, l'eau, dirigée dans son cours, passe dans les canaux du château, et procure aux nymphes le plaisir d'y nager souvent et d'y jouer ensemble. Là, au pied des grandes écuries, vous voyez se joindre deux rivières formées de sept fontaines; et celle que Lamothe transmet à plusieurs canaux, et celle qui y marie en divers endroits ses eaux jaillissantes, et arrive après la jonction à la première entrée de Lamothe. Leurs eaux coulent avec la limpidité de la Loire et le calme de la mer.

XXXIII.

Tramitis in medio, sternit se ponte canalis,

Committitque ingens, Castro qui præjacet, agger ;

Tum ponte adverso connectit roscida prata.

Nec visus altæ castigans objice molis

Ille quidem, venientûm acies ut aperta lacessant

Atria ; per mediam traluceat eminùs arcem

Planities metata solo , fugientia rura ,

Innubisque dies, convexaque cœrula mundi.

Aggeris extremam ad frontem subsedit utrinquè

Areola : et muro assurgens, niveisque columnis

Ferratos molli in chlatros sese induit umbrâ.

Pomonæ hæc lætis opibus, lucoque coronans ''

Insolito Floræ socialia regna, trecentis

Citriaque arbustis ostentat, et aurea mala ,

Mala vel Alcidæ manibus dignissima carpi,

XXXIII.

Au milieu du chemin, le canal est couvert d'un pont qui joint la grande terrasse de devant le château ; vis-à-vis est un autre pont qui conduit à la prairie mouillée de rosée. Mais cette masse de terre élevée n'empêche pas ceux qui arrivent, d'apercevoir aussitôt le salon ouvert, et au travers, une plaine unie, des campagnes qui semblent fuir dans le lointain, comme aussi la clarté du jour et l'azur du firmament. Au-dessous de chaque extrémité de la terrasse est ménagé un carré de terre soutenu par un mur entouré de piliers blancs et de barreaux de fer qui l'ombragent faiblement. Là Pomone et Flore ont su marier à l'envi leurs dons les plus précieux. Des arbres étrangers y forment un bosquet, trois cents arbustes y portent sur leurs branches des citrons ou des oranges en abondance. Ces fruits seraient tout-à-fait dignes des mains d'Hercule ; ils ne sont

Non lacum Hesperii servat tutela draconis,

Saxea sed Boreâ moles defendit acerbo.

Centum illis variæ species, et nomina centum,

Terrarum et longè diversis partibus ortus.

Nec dubiæ nemus auriferum committitur auræ,

Infidoque solo : septa intra lignea sylvam

Stirpibus infossam teneris, facilemque moveri

Ubere congesto tellus nutritque fovetque

Fragrantem sylvam ; teretesque nitescere ramos

Desuper, ac latas soli dat pandere frondes.

Nam tepido exponi gaudent peregrina sereno

Arbusta, et gelido subduci innoxia cœlo.

XXXIV.

Tecta receptandis, hiemant dum sidera, malis

Inter, et officiis structas vernilibus ædes

pas gardés, il est vrai, par un dragon furieux comme chez les Hespérides, mais défendus par l'épaisseur et la hauteur d'une muraille en jaspe. Cent espèces et cent noms différents parmi eux rappellent les différents pays éloignés d'où ils ont été tirés. Mais cette orangerie n'est abandonnée ni à l'inconstance des saisons, ni à l'insuffisance du sol ordinaire. D'abord ce sont des rejetons encore tendres plantés dans des caisses en bois faciles à mouvoir, lesquelles tiges nourries, échauffées par une terre végétale, deviennent un bois odoriférant, qui bientôt élève fort haut ses rameaux vigoureux, et déploie ses larges feuilles aux rayons du soleil. Car les arbustes étrangers demandent à être exposés à un air tiède et serein, et craignent beaucoup la maligne influence des frimas.

XXXIV.

Entre les bâtiments destinés aux servitudes, et les serres qui, pendant l'hiver, doivent mettre à l'abri

Area quadrato explicuit se maxima tractu,
Assiduisque retrò stellantes floribus horti.

XXXV.

Parte ex adversâ, posticoque aggere Castri
Insinuant undis, cæcisque ambagibus errant
Areolæ, buxo Cretæum imitante laborem :
Et ductu alludit vario labyrinthus aquarum,
Illimes, vitreas, tremulo splendore micantes
Candida quas Naïs per amœnos dividit agros,
Purpureos nivei latices et marmora cycni
Fluxa tenent ; doctas mulcent concentibus aures.

l'orangerie , se déploie une grande cour carrée ,
derrière laquelle sont des jardins toujours embellis
de fleurs.

XXXV.

De l'autre côté de la terrasse et derrière le château, on voit s'insinuer au travers des eaux mille
planches tournantes qui , par leurs sentiers inextri-
cables , et les contours de leurs buis , imitent le dé-
dale de la Crète : ce labyrinthe, après avoir fait jouer
de toutes parts des eaux limpides et claires , coulant
avec un léger murmure sur un gravier brillant , les
abandonne à la belle Naïde qui les disperse dans une
charmante plaine, où la pourpre se marie avec la
neige , et où se dessine le marbre flexible et vivant
du cygne, dont les cris même paraissent agréables
aux oreilles des connaisseurs.

XXXVI.

Acribus intereà alipedum resonantia passìm
Armentis, et prata nitent, et fortia equorum
Corpora delectu longè quæsita superbo.
Jàm limen repetens Chlorus, præsepia ad alta [12]
Turmatìm pasci et longo fremere ordine cernit
Threiciosque, Afrosque; et quos circumflua Ponto
Anglia; quos ventis genitos, aurumque bibentes
Dives equûm, dives fluviorum Hispania misit.

XXXVII.

Omnia quæ postquam Chlorum per gaudia duxit
Blandus Honos, vivâque implevit imagine Mothæ;

XXXVI.

Cependant les prés retentissent de toutes parts du bruit de la course de chevaux agiles et intrépides qui y paissent en liberté; ce sont des coursiers vigoureux choisis et rassemblés de bien loin. Chlore veut rentrer au Château; déjà il voit se ranger en ordre, frémir et manger tous ensemble, dans une grande écurie, des chevaux de toute race, des thraces, des arabes, des anglais, des espagnols, de cette Espagne aussi riche en chevaux que féconde en fleuves, dont l'espèce est si agile qu'on les dirait fils d'Eole, si soignée, si brillante, qu'ils semblent mêler de l'or à leur breuvage.

XXXVII.

Quand le maître du château eut fait connaître à Chlore tout ce qu'il y avait de plus intéressant, et

Visa simul Dryadasque inter, facilesque Napæas

Ferre Camœna pedem, ac ridenti Gratia vultu,

Quæque aliæ sedem Nymphæ tenuêre superbam.

Unà omnes, Geniumque loci Chlorumque secutæ,

Candeneri pariter nomenque decusque canebant

Æternum, et laudes surgentis ad æthera Nati :

Nec voto inferior patrio, nec sanguine avito

Degener, ingenii celebres miracula *Picos*

Reddere jàm aggressus, Fortunam ut vincere discat [13]

Virtute ; et raptìm sublustri visus in umbrâ

Nuper ut attonitæ in se oculos converterit Aulæ.

XXXVIII.

Obstupuit ; Geniique hortatu accensus amico [14]

Incessit pars ipse Chori, Dominosque Domumque

qu'il eut produit en lui une image vive et durable de Lamothe, celui-ci crut voir une des Muses et une des Grâces se mêler aux Dryades, aux Napées et aux autres nymphes, habitantes du superbe palais. Toutes de concert suivaient Chlore et le génie du lieu, en chantant le nom et la gloire immortelle de Chandenier, ainsi que les louanges de son jeune fils qui déjà prend son essor vers les astres : Il comblera les vœux de son père, il ne dégénérera point de ses aïeux, dont le sang coule dans ses veines. Déjà il s'efforce d'imiter les célèbres Pics, cette merveille de génie, afin d'apprendre à vaincre la fortune par le courage ; dernièrement ne l'a-t-on pas vu à la cour ? Quoique ce ne fût qu'en passant et à la hâte qu'il se montra, n'a-t-il pas fixé sur lui tous les regards étonnés ?

XXXVIII.

Chlore, malgré sa surprise, cédant aux aimables engagements du seigneur, unit sa voix aux accents de

Advena concelebrat, summoque attollit Olympo

Jampridem tacito meditatas pectore grates.

Cantantem dux afflat Honos, Mothæaque pergunt

Ambire officiis comitatæ ad limina Nymphæ.

FINIS.

cette mélodie , célèbre le château et ses maîtres , et , quoique étranger , fait retentir tout l'Olympe des expressions d'une reconnaissance qu'il tenait depuis longtemps captive au-dedans de son cœur. Les chants de Chlore charment le cœur de François , et tous deux continuent à recevoir les marques de bienveillance des Nymphes qui les suivent en chantant jusqu'à ce qu'ils soient entrés dans l'intérieur du château.

FIN.

NOTES

SUR LAMOTHE.

— · —

  ' Lamothe-Chandenier est situé à cinq lieues de Saumur, à quatre lieues de Thouars, à quatre lieues de Chinon, à deux lieues de Loudun, sur la gauche de la route royale de Loudun à Fontevrault, à une demi-lieue dans les terres. La position du château est des plus agréables : au milieu d'un vaste plateau parfaitement uni, mais varié par la nature et l'art qui y ont prodigué leurs richesses. Bâti au milieu de douves larges et profondes, il est encore entouré au loin par des canaux d'une immense étendue, qui servent de confluent à deux petites rivières : l'une qui prend sa source aux fontaines de Loudun, l'autre qui sort à gros bouillons de la fontaine de Barouse, tout près des

Trois-Moutiers. Les plus longs de ces canaux ont plus d'un demi-quart de lieue, et sont peuplés d'une multitude de poissons. Des bois élevés et touffus placés à une distance respectueuse forment tout autour la couronne majestueuse de ce magnifique plateau coupé par des eaux, par des prés, par des champs, par des allées, par des jardins et des bosquets.

Le château de Lamothe est fort ancien : il était échu en partage à messire Jean de Rochechouard, qui, par sa femme Anne de Baunay, se trouvait gendre de François de Baunay et de Catherine de la Rochefoucault, et par conséquent petit-fils et héritier de Guillaume de Baunay et de Marie de Baussay, seigneur de Chandenier, de Lamothe de Baussay et de Sammarçolle. C'est ce que prouve évidemment un acte de partage, en date du 13 mai 1458, consigné sur parchemin, et conservé dans les archives du château. La même chose se voit encore sur deux copies du même acte, collationnées, l'une en 1587, au profit de Louis de Rochechouard, seigneur de Lamothe de

Baussay, l'autre en 1598, au profit de dame Marie-Sylvie de la Rochefoucault, veuve de Louis de Rochechouard. Ces copies sont déposées dans les archives du château. Ce Louis de Rochechouard, dont il est ici question, habitait Lamothe, et était petit-fils de Christophe de Rochechouard.

En 1619, on voit sur un échange de terres près Lamothe le nom de François de Rochechouard, marquis de Lamothe de Baussay, premier capitaine des gardes du corps; c'était sans doute le père de Jean-Louis de Rochechouard, époux de Louise de Montbron, qui donnèrent naissance à François de Rochechouard, premier capitaine des gardes du corps de Louis XIV, dont le poëte célèbre la noblesse et les vertus. L'enfant de dix ans, dont il parle, est François de Rochechouard, comte de Limoges, fils du capitaine des gardes; ce jeune homme pouvait être né en 1647; sa mère, Marie de Bellenave, se serait mariée en 1645 ou en 1646, serait accouchée de lui en 1647, et serait morte en couche, d'après ce que dit le poëte. Ce qu'il y a de certain, d'après les archives, c'est que Marie de Bellenave ne paraît pas avoir été mariée en 1642, puisqu'il avait emprunté d'un autre que d'elle une somme pour acheter sa charge de capitaine des gardes, somme que cette dame s'obligea de rembourser pour lui en 1647 : elle ne peut donc être morte qu'en 1647 au plus tôt. Or le poëte ne fait mention d'aucun autre enfant, et c'est en couche qu'elle est morte, et dans la fleur de l'âge. L'édition du poëte que j'ai est de 1666, et ce n'est pas la première. Le poëte avait donc probablement visité Lamothe dans son plus beau lustre, vers 1657 ou 1658, époque à laquelle le jeune comte devait être à son second lustre, et à laquelle aussi M. François de Rochechouard était le plus florissant.

[3] L'allée du couchant, qu'on appelle l'allée de Morton, fut achevée par M. François de Rochechouard, par des pièces de bois et de terres qu'il échangea avec M. le prieur de Morton, en 1655, et qu'il ajouta à sa belle allée. Il fit encore, pour arrondir Lamothe, beaucoup

d'autres acquisitions à Pontrigault, et autres lieux, de prés, de bois, de terres, et tout cela à des prix plus ou moins élevés, en 1657 et 1658. De 1624 à 1631, Lamothe s'était déjà agrandi par les divers acquêts d'une dame de la Renardière qui, restant à Lamóthe pendant cinq ans, n'avait cessé d'acheter ou d'échanger des terres à Pontrigault et aux environs, au profit de madame la marquise de Chandenier, qu'elle alla rejoindre ensuite à Paris. M. François de Rochechouard marcha longtemps sur ses traces, et s'occupa sans cesse d'agrandir son domaine par des échanges avec ses voisins, ou des acquêts, toujours au profit des étrangers, tellement qu'à force de dépenses folles de ce genre il se mit à la gêne.

Mais ce qui contribua surtout à consommer la ruine du marquis de Chandenier, c'est qu'exilé de la cour, en 1650, pour avoir suivi le parti de la Fronde, et s'être jeté entre les bras du cardinal de Retz, il voulut, à Lamothe, éclabousser la cour, ou du moins l'égaler par son luxe. Il doubla donc le train qu'il avait à la cour, attira dans son château les sociétés les plus brillantes, donna les fêtes les plus somptueuses, fit des dépenses énormes de chevaux arabes, espagnols, anglais, etc., comme on peut le voir à la fin du poëme, dépensa en livrées et en ajustements plus de 400,000 livres, au point qu'en moins de douze années il fut complétement ruiné.

Ainsi, en 1665, ce seigneur, dont la fortune avait succombé, mais dont la probité n'était pas éteinte, se déclara insolvable, lui et son fils, le comte de Limoges. Tous deux de concert abandonnèrent Lamothe et ses dépendances à leurs créanciers, qui le vendirent en 1668 à Marie de Rochechouard, sœur du marquis François de Rochechouard. Cette demoiselle ne put acquitter toutes les dettes de son frère, et il en resta encore pour 800,000 livres à payer. En 1670, elle vendit à l'acquit de son frère les meubles et le haras de Lamothe. En 1680, M. François de Rochechouard reçut 120,000 livres pour remboursement de sa charge de capitaine des gardes, ou à titre de retraite. On ne voit pas dans les archives ce que lui et son fils devinrent ensuite. En 1694 seulement, on parle de François de Rochechouard comme ayant été l'aîné de deux frères abbés, et de trois sœurs dont deux religieuses. Claude-Charles, abbé de Moustier-Saint-Jean, resta le dernier, et fut seul héritier de Marie de Rochechouard, en 1701. On a de lui une lettre avec le cachet aux armes de Chandenier. M. le marquis était certainement mort en 1698 : il est fait mention de son décès dans les archives à la date de cette année.

4 Cette activité, cette intelligence, cette affabilité si encourageante pour les ouvriers, si agréable pour les étrangers qui venaient visiter M. François de Rochechouard, font spécialement le caractère de François Hennecart, aujourd'hui âgé de soixante-dix-sept ans, et qui, depuis trente ans qu'il acheta Lamothe en ruines, l'a fait entièrement revivre plus beau qu'il n'était autrefois, creusant de nouveau les canaux, y ajoutant celui du milieu qui n'existait pas, replantant

des allées, faisant partout de nouvelles percées, bâtissant des paysages et des pyramides, des cabanes et des bergeries, se donnant des lointains et des points de vue magnifiques sur les échelles les plus longues, celui du Châtenet, celui de Bournand, celui de Loudun et autres ; et en tout cela présidant par lui-même, payant de ses mains chaque semaine les nombreux ouvriers qu'il emploie tous les jours, faisant lui-même les marchés, toujours à l'avantage de ceux qui s'adressent à lui, mais toujours avec discernement, sans se gêner ou se ruiner lui-même, comme le fit François de Rochechouard. Quant à ses amis, ses connaissances, et même les étrangers, il les reçoit avec une politesse, une cordialité, une grâce vraiment rares ; admettant à sa table toutes les classes de la société, pour peu qu'elles soient honnêtes, et les traitant avec autant de simplicité que de grandeur. En visitant Lamothe, il y a quinze ans, Monseigneur de Bouillé, évêque de Poitiers, arrivé au bout des canaux, et se retournant vers le château et les allées de peupliers d'Italie qui l'accompagnent et lui servent de cortége, s'écria, frappé de l'ensemble et du grandiose : Ce n'est pas là une demeure seigneuriale, mais royale. Que dirait-il donc aujourd'hui que François Hennecart a fait fondre les planchers de l'intérieur pour faire de nouveaux étages plus élevés, et des plafonds, et des parquets, et des salons, et des galeries?..... Il y a à peine aujourd'hui un coin dans le château où M. Hennecart n'ait mis la main ; à soixante-dix-sept ans il a les goûts et l'action d'un jeune homme.

[5] Il n'y avait alors que deux portiques ; M. Hennecart en a fait percer un troisième égal aux deux autres, ce qui rend la façade du donjon beaucoup plus régulière. Ces trois voûtes aussi sont bien plus majestueuses. La vue, la salubrité de la cour du donjon sont, en outre, bien redevables à ce nouvel arrangement. Cette cour a d'autant plus gagné que, très-petite naturellement, elle était encore obstruée par un escalier énorme qui ressortait à l'extérieur à

la manière des escaliers des campagnes, et remplissait tout l'espace qui se trouve entre l'arcade du milieu et les cuisines.

[6] Plus heureux que François de Rochechouard, François Hennecart a eu deux épouses qui firent son bonheur, dont la première, outre un enfant mort en bas âge, lui donna deux garçons et une fille qui font sa consolation et sa gloire : ce sont MM. Jules, Hippolyte, et demoiselle Aimée Hennecart, épouse de M. Hardouin ; la seconde lui fit naître trois autres enfants qui font son espérance et la joie de sa vieillesse : ce sont MM. Paul, Albert, et demoiselle Pauline Hennecart, dont les études s'avancent de plus en plus. Jamais famille ne s'aima plus que celle-ci, on dirait qu'ils sont tous les enfants d'une même mère, et mieux que cela encore, ils n'ont tous qu'un cœur et qu'une âme. Aïeul, père, enfants, petits-enfants, frères, sœurs, oncles, tantes, neveux et nièces, tout est confondu dans un même amour. Tel est le sentiment qui les rapproche si facilement les

uns des autres , quoique à des distances si éloignées. Le plus âgé ne leur cède pas en courage sur ce point, et à soixante-seize ans et plus , il ne lui coûte pas de faire plus de quatre-vingts lieues pour aller les sur- prendre agréablement dans une fête ou dans une soirée. De semblables démarches font-elles l'éloge du père , plus que celui des enfants ?... ou l'éloge des enfants , plus que celui du père ?...

⁷ Tous ces cyprès sont grandement remplacés par de beaux peupliers d'Italie , de Canada, de Hollande et de Caroline , qu'on élague jusqu'à vingt pieds de haut. Les quatre canaux dont parle ici le poëte , re- creusés par M. Hennecart , sont encore moins beaux que celui du milieu , dont la longueur égale celle des deux plus grands , auxquels il est parallèle , et vers le bout duquel , par le moyen d'un aqueduc en ciment, il fait passer l'un sur l'autre deux cours d'eau en sens inverse. Le jeu des eaux est devenu partout admi- rable.

⁸ L'allée du levant , qu'on nomme l'allée de Bour-

nand , a été replantée , ainsi que les trois autres , par M. Hennecart. Jusqu'à lui il n'y en avait jamais eu que quatre : celle de la pyramide qu'il a élevée en pierres au milieu de huit percées, celle du poteau qu'il a planté au centre de huit autres percées à l'opposé des premières, celle de Morton et celle de Bournand. Par une croisée nouvelle que M. Hennecart a ajoutée au château, la percée de Morton donne dans le salon à manger, et de là sans interruption passe dans l'allée de Bournand , en sorte que ces deux allées immenses ne semblent en faire qu'une seule qui , par là , prolonge la vue d'une manière indéfinie. On ne peut voir rien de plus beau , rien de mieux imaginé. C'est ainsi que M. Hennecart agrandit de jour en jour l'échelle de Lamothe. L'allée de Bournand est plantée en ormeaux ; il l'a prolongée depuis l'ancien chemin de Saumur jusqu'à la route royale de Loudun à Fontevrault , et cela par des acquêts et des échanges qu'il a faits. Il l'a surtout perfectionnée par l'acquisition de la ferme de Langerie, que M. de Rochechouard n'avait jamais pu acquérir. On parle d'un tour qu'il joua au maître de cette ferme, pour délivrer son allée de cette bâtisse qui l'obstruait et la déparait considérablement. Il fit venir cet homme (c'était, dit la chronique, un pauvre tailleur), le fit bien manger, surtout bien boire, et comme il fut ivre-mort pendant plusieurs jours, M. le marquis fit démolir sa maison et la transporta quelques cents pas plus loin, en sorte que cet homme venant pour ouvrir sa porte ne retrouvait plus sa maison, et ne fut apaisé sans doute qu'à force d'argent. Toujours est-il que cela ne servit pas de grand'chose au marquis, puisque la terre de cette ferme et même la maison nouvelle devait toujours gêner beaucoup ses opérations. M. Hennecart, plus heureux que lui, est parvenu à tout acheter; il n'a pas manqué de mettre à profit une telle acquisition. Langerie refondue dans la terre de Lamothe a changé de face. M. Hennecart a eu bientôt fait de cet endroit et de ses environs un lieu de délices. On peut même dire que c'est son lieu de plaisance et qu'il fréquente le plus. La bergerie qu'il y a fait bâtir ressemble à un château, et blanchie à neuf forme pour Lamothe le plus beau coup d'œil, ainsi que la ferme de Choyau couverte en ardoises et blanchie aussi pour le point de vue. Le spectateur placé sur le balcon du salon de compagnie se croit au milieu d'un cercle de châteaux dont celui de Lamothe forme le centre.

» La cour du donjon, outre son escalier massif, avait encore pour l'encombrer un avancement considérable que formait la chapelle, qui ressemblait à un caveau par son obscurité. M. Hennecart l'a rendue saine et claire en la dégageant de cette espèce de hangar. La statue de la Sainte Vierge, en marbre de Paros, donnée à Lamothe par la ville de Gênes, du temps de Louis XII, au commencement du seizième siècle, est encore à sa place, sur l'autel de cette chapelle. Elle a par conséquent aujourd'hui environ 330 ans. On y trouve encore deux autres statues plus petites, qui paraissent fort anciennes. La table de marbre qui formait le tombeau dont il est parlé, est maintenant dans le salon à manger, où elle forme une console, dont les deux extrémités sont soutenues par deux licornes ailées, en marbre de Paros, sur le devant desquelles est sculpté un écusson aux armes de Chandenier. Elle était dans ce salon bien longtemps avant M. Hennecart.

[10] Marie de Bellenave qui, comme nous l'avons dit, avait épousé François de Rochechouard vers l'an 1645, mourut en couche, laissant pour fils unique, François, comte de Limoges. Elle est la seule qui soit morte à Lamothe. M. Hennecart, fouillant dans le caveau de la chapelle, y trouva des ossements et une tête de mort à laquelle il ne manque qu'une dent, et cette tête est une tête de femme. C'est donc la tête d'une jeune femme, et par conséquent celle de Mme la marquise de Rochechouard, dont la table de marbre aux licornes était évidemment le tombeau. M. Hennecart, plein de respect pour ces nobles restes, les a recueillis précieusement, les a déposés dans une niche

qu'il a fait creuser dans le fond du caveau à gauche ; il en a fait creuser une seconde à droite, où il a déposé le corps de sa dernière épouse décédée il y a trois ans à Lamothe ; puis il a pratiqué près de son épouse une troisième niche qu'il se réserve à lui-même. Chacun des trois aura son épitaphe. Ainsi la sollicitude de M. Hennecart descend pour lui et les siens jusqu'au fond de la tombe ; et Mme de Bellenave, marquise de Lamothe-Chandenier, lui devra de n'être pas tombée dans l'oubli.

" Aujourd'hui encore il y a à Lamothe une fort belle orangerie, que M. Hennecart apporta de Paris lorsqu'il vint à Lamothe pour y fixer irrévocablement son domicile. C'est là qu'il demeure depuis trente ans ; aimant la campagne par prédilection, la vie qu'il y mène est une vie de patriarche. Au point qu'après avoir parcouru presque toute l'Europe et plusieurs fois pendant longues années, il ne se trouve bien aujourd'hui pour ainsi dire qu'à Lamothe, où il a tout créé, où il fait vivre par le travail qu'il procure tout ce qui l'entoure, où il soulage par des aumônes les malheureux, et où il fait à pied tous les jours plusieurs lieues, tant pour se donner de l'exercice, que pour tout voir par ses propres yeux. Devenu maire du canton depuis une vingtaine d'années, qu'a-t-il fait à l'égard de ses administrés, que des actes de bienveillance et de paternité? Souvent même, par son imposante dignité et son zèle infatigable, il est venu à bout d'opérer le bien envers et contre tous. Les opposants même à ses vœux paternels lui rendent cette justice, que toute son ambition se borne à faire du bien autour de lui. Son cœur est tellement attaché à sa commune et à sa terre, que le séjour des villes ne lui paraît plus aussi agréable qu'autrefois. Paris même et toute sa grandeur ferait rarement battre son cœur, si chaque quartier de cette cité ne lui présentait le souvenir de connaissances, d'amis, de parents, d'enfants chéris qu'il ne saurait oublier.

[12] Les bâtiments et remises qui font le parallèle des

écuries de Lamothe et qui sont à gauche de la grille, sont encore l'ouvrage de M. Hennecart, qui par là a rendu beaucoup plus régulière l'entrée du château. La serre est aussi à gauche, ouverte en plein midi, surmontée de fenils qui, pleins de fourrage pendant l'hiver, garantissent suffisamment du froid les orangers et autres arbrisseaux étrangers. Du côté du nord elle est adossée à de très-longs celliers qu'a fait faire M. Hennecart ; le froid ne peut donc pénétrer dans la serre. Du temps du marquis la serre était du côté opposé ; elle ne pouvait donc ouvrir du côté de la cour d'honneur, qui eût été son nord, et par un beau jour même d'hiver on n'avait pas l'avantage qu'on a maintenant de voir de la cour à découvert au soleil l'orangerie tout entière. Il n'y avait pas de grands celliers chez le marquis, parce qu'il n'avait pas de vin ; mais il en a fallu bâtir à M. Hennecart. Il s'est imaginé de planter sur un tertre où il n'y avait que des terres labourables plus de cent boisselées de vigne, que tout le monde aujourd'hui regarde comme un vignoble des plus rares, des mieux soignés, et dont le vin rouge est par excellence.

[13] Le marquis François de Rochechouard et le comte son fils eurent en effet besoin d'un grand courage pour se résigner à leur infortune. Mais cette insolvabilité du marquis ne fait que rehausser M. Hennecart, qui lui-même a tant fait et fait tant encore de dépenses pour Lamothe, jusqu'à y absorber plus de revenus qu'il n'en retire. Cependant, loin de se ruiner comme le marquis, il fait de mieux en mieux ses affaires, et pourquoi ? parce qu'il a toujours eu et il aura toujours devant les yeux son budget, et qu'il ne travaille ni ne dépense jamais en aveugle. Chaque sacrifice a son but, chaque dépense est mise dans la balance avec les avantages qui devront en résulter. Sans courir après les statues, les colonnes, les balustrades dorées comme alors, il met debout des arbres, et des arbres aussi utiles que beaux : ce sont là ses plus belles et ses plus solides colonnes, comme aussi

ses plus chers ornements. Que tout cela vaut bien mieux que l'or et le bronze!....

[14] Ce qui devrait causer de la surprise, ce serait de voir un château aussi beau que le poëte l'a chanté dans ses vers, perdre bientôt son éclat, ses ornements, ses richesses. Et pourtant il paraît qu'en perdant M. de Rochechouard, Lamothe perdit à peu près tout son lustre. Mademoiselle Marie de Rochechouard, qui avait succédé à son frère, ne l'habita pas longtemps, ne put tenir un grand train, et le vendit en 1685 à M. de Lamoignon, seigneur de Basvile, pour la somme de 150,000 liv. et une rente viagère de 1,000 liv., à la charge par lui d'acquitter une fondation pour la chapelle, moyennant 4,000 liv. qu'elle lui laissa. Elle destina aussi une somme pour l'entretien de deux religieuses qui furent établies aux Trois-Moutiers. Cette demoiselle mourut en 1701 à Paris, où elle s'était retirée depuis longtemps. Mais Lamothe ne fut point habité par M. de Lamoignon.

En 1754, la terre et seigneurie de Lamothe fut

vendue à M. le marquis Charles de Meaupou , qui ne l'habita pas plus que le propriétaire précédent. Elle tomba donc peu à peu en désarroi , et fut tout entière au pillage des fermiers.

Mais ce qui étonnera davantage , c'est que M. Hennecart , ayant acheté Lamothe ruiné en 1809 , ait pu le relever sitôt de ses ruines, l'embellir si promptement , et le rendre en peu d'années digne et plus digne qu'autrefois de l'admiration des curieux et des savants. Car M. Hennecart n'a pas imité le vandalisme ennemi des antiquités et des monuments. Avec les lumières et les scrupules d'un homme de l'art, il a su conserver à son château cet air d'antiquité qui rend plus beaux les monuments, et mêler des beautés modernes aux anciennes , sans que la transition ou le rapprochement puisse le moins du monde choquer l'œil des connaisseurs.

Que la famille de Meaupou , qui vendit à M. Hennecart ce vieux castel qui se soutenait à peine, revienne donc à Lamothe , et nous lui demanderons si elle peut croire, à l'aspect de Lamothe actuel, que ce soit absolument le même édifice et la même terre? M. Hennecart fera longtemps parler de lui. Longtemps on dira qu'il fut le restaurateur et le créateur de ce château, qui sera longtemps célèbre lui et son maître. Quand il reposera dans sa chapelle avec les deux dames qu'il y a placées, les prêtres qui y célébreront le saint sacrifice auront à recommander à Dieu celui qui donna à ce sanctuaire du château ses plus riches ornements, et qui embellit encore son église paroissiale de riches tableaux, d'ornements précieux, de vases sacrés du plus haut prix. Il faudra mettre sur son tombeau : Ci-gît Hennecart, le bienfaiteur de tous.

FIN DES NOTES.

Couplets chantés à Lamothe.

COUPLETS

CHANTÉS A LAMOTHE.

1.

LE 19 DÉCEMBRE 1837, POUR L'ACCOMPLISSEMENT DES 75 ANS
DE M. HENNECART.

1er Couplet.

Vive Hennecart !

Modèle d'un vrai père ,

Et d'un bon maître , et d'un ami sans fard ;

Soutien du faible , et du pauvre le frère ,

De ce canton c'est le plus digne maire.

Vive Hennecart ! (*bis*)

2.

« N'oubliez pas

» Le jour où je rassemble

» Tous mes amis pour un joyeux repas ;

» Quand je les vois réunis tous ensemble ,

» A mes quinze ans je reviens , ce me semble.

» N'oubliez pas. (*bis*)

3.

» Accourez tous ,

» Le dix-neuf de décembre

» A consacré ce festin le plus doux ;

» Là point d'excès , point de parfums , point d'ambre ;

» Mais la franchise , et les dons de septembre.

» Accourez tous. » (*bis*)

4.

Avec ardeur ,

Noble ami , tout s'empresse

De correspondre à l'appel de ton cœur.

Mais quand ta fête auprès de toi nous presse ,

Ma voix aussi veut te chanter sans cesse ,

Avec ardeur. (*bis*)

5.

Cher Hennecart ,

Soixante-quinze années

Rendent ton nom célèbre à tout égard :

Pour ton bonheur un Dieu les a données,

A des bienfaits tu les as destinées,

Cher Hennecart! (*bis*)

6.

Vive Hennecart!

Encor vingt-cinq années !!!

Bien vivre un siècle, est-ce vivre trop tard ?.....

Mais par le ciel tant de vertus ornées

Ne sauraient être à ce monde bornées !!...

Vive Hennecart! (*bis*)

II.

SURVEILLE DE LA SAINT-FRANÇOIS (2 OCTOBRE 1838). — PÈLERINAGE
AU DOLMEN DE LA PIERRE-FOLLE, PAROISSE DE BOURNAND.

1er Couplet.

Quand on n'est pas né poëte,

Le silence est une loi ;

Mais me taire en cette fête

Serait pénible pour moi.

Je veux donc, quoi qu'on en pense,

Dût m'en coûter la leçon,

Dans cette heureuse occurrence,

Essayer une chanson.

2.

Hier une cavalcade

Vint avec empressement

Proposer pour promenade

La visite du Dolmen.

J'accueille sans nul obstacle

Cette proposition :

Peut-être d'ouïr l'oracle

Sera-ce l'occasion.....

3.

Soudain je pars, l'œil avide

(Si grande était mon erreur!)

De voir ces prêtres druides,
Des Gaules jadis l'honneur.
L'approche du sanctuaire
M'impressionne de froid :
Un autel si sanguinaire
N'inspire-t-il pas l'effroi?

4.

Pourtant j'entre, et sous la voûte
Je glisse un pas hasardeux ;
J'avance, et, quoi qu'il m'en coûte,
Pour François j'offre des vœux.....
Mais que peut la Pierre-Folle
Pour des sages, des chrétiens?
Il n'existe plus d'idole,
Quand il n'est plus de païens.

5.

Ami, tout est en silence,
L'oracle est muet pour toi ;

Telle est des dieux l'impuissance,

Tout passe, excepté la Foi.....

C'est donc plutôt vers l'Église

Qu'il faut tourner nos regards :

Les Saints et François d'Assise

Peuvent tout pour Hennecart !!!

III.

POUR LE **19** DÉCEMBRE **1838**, JOUR AUQUEL S'ACCOMPLIRENT
LES **76** ANS DE M. HENNECART.

1er Couplet.

Invocation à Apollon.

Viens, viens, sans délai, sans réserve,

M'inspirer, divin Apollon :

D'animer, d'échauffer ma verve,

Oh ! la charmante occasion !

On fête aujourd'hui la naissance

D'un bon ami, d'un franc Picard,

D'un vieillard dans l'adolescence ;
Son nom dit tout : c'est Hennecart !

2.

Réponse d'Apollon.

« Son nom dit tout ; **mais toi, poëte,**
» Des Dieux veux-tu donc te moquer ?
» Es-tu fou de te mettre en tête
» En pleins frimas de m'invoquer !!!
» Si c'était encore en septembre,
» Pégase n'aurait pas glissé.....
» Tandis qu'à la fin de décembre
» Le Parnasse même est glacé..... »

3.

Conclusion.

Quoique Apollon me décourage,
Me tairai-je auprès d'un ami ?
Lorsqu'à le chanter m'encourage
Son cœur de tout faste ennemi ?

Disons plutôt sans artifice :

Vivent les vertus d'Hennecart !

Que le ciel, à nos vœux propice,

L'admette en son sein, mais bien tard ! ! !

FIN.

www.ingramcontent.com/pod-product-compliance
Lightning Source LLC
LaVergne TN
LVHW021854170726
843503LV00003B/1218